CHÊNE ET ROSEAU

POÉSIES

PAR

MARIE-LOUISE HUOT

PARIS

IMPRIMERIE DE DUBUISSON ET Cᵉ

3, RUE COQ-HÉRON, 3

—

1865

CHÊNE ET ROSEAU

POÉSIES

C.

PARIS. — IMPRIMERIE DE DUBUISSON ET Cᵒ, RUE COQ-HÉRON, 5

CHÊNE ET ROSEAU

POÉSIES

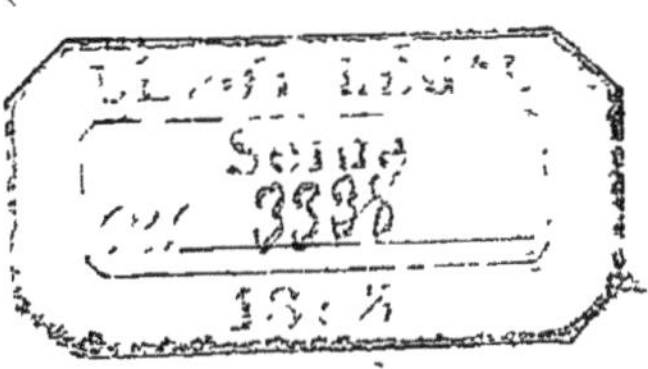

PAR

MARIE-LOUISE HUOT

PARIS

IMPRIMERIE DE DUBUISSON ET Cᵉ

5, RUE COQ-HERON, 5

1865

SAGESSE ET FOLIE

Vers vous je viens, ma chère, en véritable amie;
Inquiète je suis de vous, de votre vie!...
Chacun dit, et je sais que toujours l'air rêveur,
Vous allez au hasard, qu'un souffle vous fait peur.
Sans mot dire, écoutant d'un air presque stupide
Des chants bruyants tout comme un courant d'eau limpide;
Pour être claire enfin, souvent votre raison
Pour tous n'est qu'un vain mot nullement de saison.

D'où vient cet air rêveur? Pourquoi donc fuir le monde,
Dédaigner la parure, aimer la nuit profonde?
A nos plaisirs pourquoi préférer vos pinceaux,
Vos bouquins, vos papiers? Mieux vaudrait des fuseaux!
Vous m'indignez parfois. Je voudrais, jeune et belle,
Vous voir dans nos salons couverte de dentelle.
Que vous sert d'être femme? Ah! je vous plains vraiment,
Car tout en vous, ma chère, étonne assurément...

La femme est une *esclave* avant tout qui doit plaire,
Craindre le préjugé, près d'un mari se taire.
Les hommes font les lois, il faut les respecter,
Croire ce qu'ils disent, ne point s'inquiéter
S'ils ont tort ou raison : vous devez vous soumettre !
Suivez donc mes leçons, et veuillez me promettre
De réformer vos goûts, d'être soumise un jour,
Et d'être femme enfin. je le dis sans détour.

« Non vraiment, vos discours, toute votre *éloquence*
» Ne saurait me convaincre et calmer ma *démence*.
» Et suivant votre exemple, aujourd'hui moi je veux
» Que ma franchise aussi vous fasse ces aveux.
» D'abord ne croyant pas votre bonté, madame ;
» Oui, clairement je vois le fil de votre trame.
»   Quand vous cachez si bien vos serres de vautour,
» Vous blessez hardiment qui n'a pas votre amour.

» Pour moi, depuis longtemps vivant en solitaire,
» Peu m'importe vraiment ce qu'en dit le vulgaire !
» D'ailleurs qui saurait rendre à mon cœur désolé
» Ces beaux jours d'innocence à jamais envolés !
» Nul ne saurait changer en un ruisseau limpide
» L'Océan furieux et la vague rapide,
» Qui, semblable à sa sœur l'Imagination,
» S'agite et va chercher une autre région !

» Ignorant que l'étude est un puissant remède
» Pour calmer la douleur qui toujours se succède,
» Qu'elle a sublime don de conduire à l'oubli
» En faisant riche, heureux ; qu'elle seule anoblit,
» Dissipe les erreurs, sachant élever l'âme ;
» Qu'enfin elle rend sourd à l'aigre voix du blâme ,
» Riant des pauvres fous, vous prétendez savoir
» Donner trop de bonheur à qui n'en peut avoir ! »

CE N'ÉTAIT QU'UN RÊVE

As-tu fui pour jamais, as-tu donc fui, mon rêve ?
Me laissant seule ici, seule ici sur la grève ?...
Je croyais à ta voix, qui parlait de bonheur,
Je voyais se briser ma chaîne de douleur.

Je voyais un ciel bleu tout parsemé d'étoiles,
Et ma barque voguait en déployant ses voiles.
Le murmure des flots me berçait doucement,
Un ami, près de moi, me pressait tendrement !...

Bien fraîche était la brise et douce sa caresse
Confondant nos soupirs dans une sainte ivresse !...
Nos cœurs battaient bien fort, l'amour parlait bien bas,
Car l'orage était loin, bien loin ! là-bas ! là-bas !

Mais au triste réveil, oh ! douleur trop amère,
Mon bonheur n'était plus qu'une vaine chimère !
Et l'orage grondait, mon cœur battait bien fort.
J'étais seule ici-bas ! je pleurais sur le port !...

JEANNE

Ma belle Jeanne, ah ! cache-leur tes larmes,
Cache ton cœur, ne montre que dédain
Pour ces railleurs qui de tout font des armes,
Et sans esprit d'un géant font un nain.

Jeanne, souris, pour ces amis charmante,
Loin de pleurer, près d'eux il faut chanter,
Tout chacun fuit l'être qui se lamente,
Chacun pour soi, l'on veut argumenter.

Philosophie, en sagesse s'habille.
Et ce grand mot, qui marche en conquérant,
Le cœur s'en sert comme d'une béquille,
S'en fait vertu, mais n'est qu'indifférent.

Pleure tout bas. Du moins si ta souffrance
Est sans témoins, quand ton beau front brûlant
Se rafraîchit, quand revient l'espérance,
Seule tu peux fixer l'astre brillant.

Le calme, enfant, crois que nul ne le donne.
C'est le bonheur de ceux qui n'en ont plus ;
Pour le trouver, quand tout nous abandonne,
Fuyons le monde et ces soins superflus !

LE DOUTE

Sans souci, moissonnons en route
Ce qu'on nomme plaisir ;
Malheur à toi, qui toujours doute
D'un riant avenir.

Douter si la prochaine aurore
Joyeux ramènera
Tendre amant, que demain encore
Longtemps on aimera !

Douter, douter de qui l'on aime,
C'est un cruel poison
Qui détruit tout, qui flétrit même
Le cœur et la raison.

Le doute rend l'esprit morose,
Disons-nous simplement
Que l'épine étant sous la rose,
Ne lui fait nul tourment.

Le chagrin suivra-t-il un fou rire ?
Hélas ! nous l'ignorons.
Accordons toujours notre lyre,
Trop tôt nous le saurons !

Le bonheur, c'est la confiance
Pour tout au lendemain.
Sachons bercer dame Espérance
Qui toujours tend la main.

LÉA

Pourquoi, Léa, t'inquiéter sans cesse
De l'avenir? jouis donc du présent,
Pourquoi pleurer sur le sein qui te presse,
Quand du bonheur l'amour te fait présent?...

Enfant, jouis du jour que Dieu te donne;
Profite, enfant, demain viendra bientôt:
Le temps passé ne revient pour personne!...
Les pleurs viendront pour toi toujours trop tôt.

Ecoute, enfant : la vie est un voyage
Que chacun fait en se donnant la main.
Les plus beaux jours ne sont pas sans nuage.
Qui sait pour nous s'il est un lendemain?...

Tendre la main, soulager la souffrance,
C'est un bonheur de faire des heureux;
Sécher des pleurs, ranimer l'espérance,
Enfant, voilà pour ton cœur généreux.

Pour désirer, quoi ! Léa se chagrine ?
C'est être fou que de trop exiger !...
Toujours cherchant, irait-on même en Chine,
L'on ne pourrait en vainqueur s'ériger...

Le grand secret du bonheur de la vie
C'est d'en savoir choisir le bon côté.
Amante aimée et toujours tendre amie
Pour les beaux jours, nul besoin de comté !...

De beaux palais, de gothique tourelle,
De beaux brillants, de manteau de velours,
Quand le destin nous tient sous sa tutelle,
Nous ne pouvons du temps changer le cours !

RÊVERIE

Moi, quand le noir chagrin m'accable,
J'aime entendre mugir le vent.
J'aime autour de moi que tout tremble,
Plus calme, j'écoute en rêvant !...

En songeant à ma triste vie,
Je m'exprime par des sanglots ;
C'est pourquoi j'aime l'harmonie
Entre la nature et les flots.

Croyez que si je fuis vos fêtes
Oh ! non, ce n'est pas par mépris ,
Mais vous réveillez les tempêtes
Dans ce cœur de vous incompris !

Parfois vous voyant je fuis vite,
C'est qu'alors, préférant errer...
Je vais où mon esprit m'invite,
Loin du bruit... rêver ! espérer !

Vous riez de mon air sauvage ,
Vous ignorez tous mes tourments ;
Heureux, vous, cœurs exempts d'orage,
Riez dans vos beaux vêtements !...

POURQUOI TARDER?

Viens, sans remettre au lendemain,
Viens aujourd'hui serrer ma main.
La mort surprend, le temps s'envole
Pour le sage et pour le frivole.

Pourquoi différer un baiser,
Quand demain peut le refuser?
Au retour de la tendre aurore,
Pourquoi n'être pas deux encore?

Du pied pourquoi fouler la fleur
Qui passe comme le bonheur?...
Bientôt, penchée sur sa tige,
Elle aura perdu son prestige.

Quand parfois à notre réveil
Préside un rayon de soleil,
Saluons ce brillant message
Qui peut fuir avec un nuage!

POURQUOI TARDER

Avec l'heure le temps s'enfuit !
Et le regret souvent le suit.
Pourquoi tarder ? L'heure qui sonne
Ne revient, hélas ! pour personne !...

Viens, sans remettre au lendemain,
Viens aujourd'hui serrer ma main.
La mort surprend, le temps s'envole
Pour le sage et pour le frivole.

SIMPLICITÉ

Ce jour, pour nous, semé de fleurs
Restera gravé dans nos cœurs.
Quand je baisais tes lèvres roses,
Tu disais de petites choses.

Il me souvient qu'en ce beau jour
Je fis éclore ton amour !...
Ayant pour témoin la nature,
Nous offrant son lit de verdure.

Puis nous fîmes de beaux bouquets,
Courant tous deux dans les bluets,
Amoureux, narguant la fortune,
Nous soupâmes au clair de lune !...

L'HEURE

J'ai le cœur gros s'il faut fuir ta demeure,
J'ai le cœur gros quand j'entends sonner l'heure,
L'heure qui dit : Allons, pars, il est temps !
Triste est mon cœur, malgré le beau printemps.

Tes longs baisers, puis ton bras qui m'enchaîne;
Ah ! malgré moi, vers toi seul tout m'entraîne.
Ami, crois-moi, je quitte avec regret
Ce lieu charmant où je viens en secret ! !...

Car mon cœur t'aime, ô toi ! sœur de mon âme;
Il te comprend, il brûle de ta flamme :
Tu sais aimer, tu fais croire au bonheur;
Tu sais aimer, tu réchauffes mon cœur...

SOUVIENS-TOI

A toi seul le bonheur, mon cœur te l'abandonne!....
De l'aimer à jamais, puisque l'honneur l'ordonne,
Sois heureux; mais pourtant, souviens-toi qu'un beau jour
Ton cœur vint sur mon sein tout palpitant d'amour;

Souviens-toi que ta voix sut me dire : Je t'aime!
Souviens-toi qu'un baiser sut nous enivrer même!
Souviens-toi qu'en partant tu dis : Restons amis,
Implorant ce bonheur que mon cœur te promis :

Tu fuis pour trop m'aimer, ignorant un mystère!
Le temps seul te dira que tu fus téméraire,
Qu'amour capricieux se plaît à voltiger;
Que tu l'aimais bien moins quand tu vins m'affliger.

UNE FLÈCHE DE CUPIDON

Pourquoi donc, Arabelle, en ce jour d'allégresse,
Pourquoi courber ton front, pourquoi tant de tristesse?
Sont-ils donc revenus, ces jours où la raison
N'est qu'un mot, en hiver, froid comme la saison ?

Sont-ils donc revenus, ces jours remplis d'orages,
Qui déchirent le cœur et font tant de ravages,
Et qui, doublant la vie au soir de nos beaux jours,
Nous font dire : Pourquoi ne pas aimer toujours?

Sont-elles revenues, ces joies pleines d'alarmes,
Qui font croire au bonheur tout en versant des larmes?
Les tortures qui font chaque nuit sans sommeil,
Ainsi qu'un sanglot pour saluer le soleil ?

Et ces heures sans nom, de douloureuse attente,
Où soudain le cœur bat et l'âme se lamente !
Quand malgré les soupçons, bercé d'un fol espoir,
Bien en vain l'on attend son amant jusqu'au soir?

Te faut-il donc encor les élans de tendresse;
Et les baisers brûlants qui donnent tant d'ivresse?
Te faut-il donc encore exposer ton orgueil,
Pour que demain ton lit te semble un froid cercueil?

N'as-tu donc pas assez vidé la coupe amère?
Et de l'amour toujours déplorant la chimère,
Faudra-t-il donc encore, ô ! noble et tendre cœur,
Te voir pleurer longtemps un seul jour de bonheur?

Une voix murmura... Confiante en ma force,
Hélas ! je crus trop tôt ma vieillesse précoce,
Imprudente, et riant des flèches de l'amour,
Je bravais son courroux ; *lui*, me surprit un jour !

STANCES

Quand sur mon front tu verras un nuage,
Dans le silence, ah! laisse-le passer;
Je sourirai regardant ton visage,
Sous tes baisers il saura s'effacer.

Si dans mes yeux parfois brillent les larmes,
Sans murmurer, sans me plaindre du sort,
Je sourirai pour calmer tes alarmes,
Et sur ton sein, moi, j'oublierai la mort!...

Si près de toi, parfois je suis rêveuse,
Sans me blâmer, ami, serrant ma main,
Réveille-moi, nomme ton amoureuse,
Qui sourira sans songer à demain!...

Sois confiant, oh! crois-en ton amie,
Qui sait aimer comme el e sait souffrir!
Que ta bonté répande sur sa vie
Le doux bonheur qui fait aimer, vieillir.

Sois indulgent : si parfois la tempête
Dans mon cœur gronde ainsi que le roseau,
Quand l'ouragan fera courber ma tête,
Redresse-moi comme un frêle arbrisseau.

Sois généreux : tu sais que la souffrance
Me visita dès mes premiers printemps,
Par ton amour rends-moi donc l'espérance :
En nous aimant laissons venir le temps.

STÉPHEN

Enfant, non, n'en crois rien, quand nous parlons d'amour,
Si je redis : Mon cœur est fermé sans retour...
Non vraiment, n'en crois rien, c'est un affreux mensonge,
Dont je rougis tout bas, seule encor quand j'y songe !...

J'ai souffert, j'ai pleuré, maudit l'humanité !
J'ai blasphémé l'amour, nié l'éternité.
Maintenant chaque jour, dans l'ombre et le silence,
Je subis cet arrêt, froid comme une sentence.

Et pourtant, mon cœur bat comme aux jours bienheureux,
Craint, mais désire encore un rêve fait à deux !...
C'est ainsi que luttant toujours avec moi-même,
J'endure les tourments rêvés dans l'enfer même.

ÉVOCATION

Dans la tombe à jamais maintenant tu sommeille !. .
Pâle et glacé toujours, nul bruit ne te réveille !
En expirant, ami, que t'a dit l'Eternel ?
L'as-tu vu face à face au moment solennel ?

Est-il une autre vie où l'âme se repose ?
Où bien est-il néant ? Sais-tu que se propose
Celui qui nous créa pour nous faire mourir ?
Sais-tu le grand mystère ? encor doit-on souffrir ?

Est-il un sombre enfer pire que sur la terre,
Où l'on pleure et gémit, se faisant tous la guerre ?
Vois-tu bien nos regrets entourant ton cercueil ?
Lisant les grands secrets, vois-tu mon cœur en deuil ?

Merci de ton baiser, de ton adieu suprême !
Merci pour cet amour que j'ignorais moi-même :
Car il sut me guider comme un divin flambeau
Et me faire bénir jusque sur ton tombeau !...

L'ÉGOISTE

Hélas ! jadis mon cœur, inquiet et jaloux,
Attendait son baiser comme un bonheur bien doux !
Aujourd'hui c'en est fait, ma froide indifférence
N'attend plus ce baiser, n'attend nulle présence.

Que me fait aujourd'hui, que me fera demain,
Si l'ami d'autrefois vient me tendre la main ?
Je lis dans son regard, sa voix, son attitude,
Que l'amour-propre est là, puis encor l'habitude.

Tout me dit qu'il attend l'heure qui va sonner,
Pour,redire : A bientôt, et puis m'abandonner !
Sans songer si mon âme, en proie à la tristesse,
En secret peut souffrir d'un manque de tendresse.

Toute chose a sa fin. Non, l'on ne peut toujours
Livrer gaîment son cœur aux serres des vautours;
Trop sotte est la bonté dont l'égoïste abuse :
Heureux, heureux cent fois pour qui surprend sa ruse !

BOUTADE

Même en amour il faut, dit un prétendu sage,
Savoir brider son cœur, pour prévenir l'orage ;
Puis tendre bravement l'arc du blond Cupidon,
En livrant au hasard sa flèche et son pardon !

Hé quoi ! toujours des pleurs, y penses-tu, ma belle ?
A la froide raison ne sois donc plus rebelle... –
Que désormais ton cœur, pour ces diseurs de mots,
Ouvert loin de saigner et divertir les sots
En pur granit, soudain transformé par miracle,
Reste à jamais fermé comme un vrai tabernacle...
Egoïsme, toujours drapé superbement,
Pour les grands cris du cœur n'a point d'entendement.

Ne sais-tu pas qu'il faut jouer la comédie,
Feindre le sentiment, causer peu mélodie ?
Qu'avec audace il faut, sans crainte d'offenser,
Mentir avec esprit ? nul ne doit s'en blesser !...
Il faut briller d'abord, puis danser avec grâce,
Savoir rire et pleurer, ménager la disgrâce ;
Il faut enfin savoir masquer la vérité,
Et ne parler du cœur que par civilité.

Le dévoûment n'est pas chose fort à la mode ;
Mais en raillant pourtant chacun s'en accommode.
Des services sans prix, trouvant plaisant d'user
Sans scrupule parfois ; on veut même abuser,
Pour se donner raison avec grande insolence.
Ce dévouement, dit-on, est fruit de l'indolence.
L'on prétend vous aimer ! mais pourtant, un beau jour,
Vous fuyez, trop blessé par votre ami vautour !

Même en amour il faut, dit un prétendu sage,
Savoir brider son cœur pour prévenir l'orage ;
Puis tendre bravement l'arc du blond Cupidon,
En livrant au hasard sa flèche et son pardon.

A JACQUES

Non, tes enfants ne me font point jalouse ;
Non, vos baisers ne saignent pas mon cœur ;
Ils sont ton sang, et d'une tendre épouse
Tu les reçus pour gage de bonheur !
Aime-les bien, comble-les de caresses.
Seule avec vous je voudrais partager
Ces lieux déserts. Ah ! toutes vos tendresses
Me calmeraient comme un zéphir léger.

Jadis aussi, hélas ! moi je fus mère ;
Il m'en souvient, je faisais rêves d'or !
Mais mon enfant, dans un jour de colère,
Dieu le reprit, et je le pleure encor !
Longtemps je fus immobile et glacée
Près du berceau témoin de ma douleur.
L'on me trouvait ridicule, insensée,
Tout finissait : mes rêves, mon bonheur !

L'INDIFFÉRENCE

En amour ta philosophie
Trahit le vide de ton cœur ;
La passion, chère Sophie,
Toujours veut régner en vainqueur.

Quoi ! tu n'acceptes ta rivale,
Que par goût, par admiration,
Pour ses yeux, son visage ovale ?
Crois que tant d'abnégation
Se traduit par... *indifférence !*
Donc, belle ici, plus de vertu
Pour qui n'a nulle préférence,
Quand le cœur n'a point combattu.

De l'amour, fidèle compagne,
La jalousie fut toujours...
A tout âge, au bal, en campagne,
On craint de perdre ses amours.

DÉLIRE DE L'INSOMNIE

Le temps est long ! j'entends sonner minuit,
Et le sommeil, qui toujours m'abandonne.
Moi, je suis seule en mon triste réduit;
Seule je pleure. Ah ! que Dieu me pardonne !
Et mes larmes, et pour toi, mon amour !
Mais mon cœur bat... Peut-être ton bras presse
En ce moment celle qui tout le jour
Ne te donna qu'un semblant de tendresse.

Qu'ai-je donc fait pour devoir tant souffrir ?
Tu m'as aimée, puis à mon tour je t'aime.
Est-ce un forfait, dis? faut-il en rougir ?
Rougir de toi, c'est rougir de moi-même,
Sœur de mon âme, ah ! viens sécher mes pleurs.
J'appelle en vain, à mes vœux tout s'oppose !
Pour souvenir j'ai rapporté tes fleurs.
En te quittant mon âme était morose.

Le cœur brisé, moi seule je partais.
Elle, restait pour partager ta couche.
Quand, fuyant vite, en secret j'emportais
Toute ma haine avec un air farouche !...

REGRET

Toi que tout bas je nomme, es-tu mon bon génie
Attendu trop longtemps, mais, dont la voix bénie
Ranime mon courage au moment du trépas ?
Ah ! que n'es-tu venu guider mes premiers pas!
J'eusse gardé ma foi, mes naïves croyances,
Abrité sous ton aile, exempte de souffrances;
En vivant sous tes lois, j'eusse nommé bonheur
De vieillir avec toi, d'être tout pour ton cœur.

TABLE

	Pages.
SAGESSE ET FOLIE	5
CE N'ÉTAIT QU'UN RÊVE	7
JEANNE	8
LE DOUTE	9
LEA	10
RÊVERIE	12
POURQUOI TARDER?	13
SIMPLICITE	15
L'HEURE	16
SOUVIENS-TOI	17
UNE FLÈCHE DE CUPIDON	18
STANCES	20
STEPHEN	22
EVOCATION	23
L'EGOÏSTE	24
BOUTADE	25
A JACQUES	27
L'INDIFFERENCE	28
DELIRE DE L'INSOMNIE	29
REGRET	30

Paris. — Imprimerie de Dubuisson et Cᵉ. rue Coq-Héron. 5.

www.ingramcontent.com/pod-product-compliance
Ingram Content Group UK Ltd.
Pitfield, Milton Keynes, MK11 3LW, UK
UKHW021026120726
13693UKWH00005B/2229